첼로를 품다

첼로를 품다

—

초판 1쇄 2021년 8월 20일
지은이 김임순
펴낸이 김영재
펴낸곳 책만드는집

—

주소 서울 마포구 양화로3길 99, 4층 (04022)
전화 3142-1585·6
팩스 336-8908
전자우편 chaekjip@naver.com
출판등록 1994년 1월 13일 제10-927호
ⓒ 김임순, 2021

—

* 본 도서는 2021년 부산광역시, 부산문화재단 〈부산문화예술지원사업〉으로 지원을
받았습니다.

부산광역시 BUSAN METROPOLITAN CITY 부산문화재단 BUSAN CULTURAL FOUNDATION

—

ISBN 978-89-7944-769-9 (04810)
ISBN 978-89-7944-354-7 (세트)

책 만 드 는 집　　시 인 선 1 7 6

첼로를 품다

김임순　시조집

책만드는집

또 빚고 빚어내어
노래가 된 한 소절
껍질을 깨고
젖은 날개 파닥이다

창공을 나는 날

어미는 오래도록 서 있다

2021년 여름날
김임순

| 차례 |

2부 강남스타일

3부   은행나무 아래 우체통

4부 까치집 짓기

1부
어쩌나 이 봄을

뜸 들이다

뜸의 시간 기다려야 고슬한 밥이 되고

튕기는 일 때가 돼야 속속들이 정이 든다

뜸 들임 그 절묘한 시간 나이 드니 무르익네

자칫 푹 들이다 보면 재를 넘겨 맛을 잃는

잇속 없는 헛물켜기 쑥덕공론에 말려들지

바쁘다 젊음의 상투常套 설익은 밥 푸던 날

다리의 다리

강 질러 누운 다리를 받쳐 든 다리는
주구장창 서 있다 건널 것들 다 건너도록
한 생애 통통 불어 튼 발 아, 아버지 뜨거운 강

비바람 거친 산야 고인돌의 고독처럼
철심에 콘크리트 세월을 깁스한다
묵묵히 감아보지만 나이테는 어디 없다

관솔이 탈 때

1

군불엔 청솔가지 관솔이 마디다고
방고래 시뻘건 불길 가누시던 어머니
삭풍 끝 모진 추위도 구들장엔 물러섰다

2

준엄한 태백산맥 등줄기 바싹 마른 날
화마는 길길이 산을 넘는 저 불바다
삽시간 천년의 기개 숯덩이 된 청명 사월

산은 혼자 또 얼마나 울어야 봄이 올거나
우거진 숲 새잎 돋아 낙엽 되어 쌓이는 일
수십 년 삭혀낸 자연 순리 포자 하나 날리는 꿈

뻥튀기 트럭

오늘도 아파트 앞 벚꽃 그늘 그 자리
뻥튀기 아저씨는 뻥 픽 뻥 픽 봄을 튀기고
벚꽃은 리듬에 맞춰 제 꽃잎을 튀겨낸다

KF94 마스크는 튀는 봄을 막아서고
하필이면 봄이냐고 동백꽃이 툭 진다
분홍빛 시린 발들이 머리 위에 환하다

첼로를 품다

팍팍한 심연에도 악기 하나 품고 산다
사람을 닮은 모습 목소리를 닮은 음색
그 전율 전해오는 밤 도도히 숨을 싣고

품은 파도 뿜어내는 먼 바다로 나가자
심해에서 건져 올린 울림은 북극의 봄날
순록은 눈 속의 이끼 그 향기에 취한다

천 개의 바람 소리 휘감겨서 다시 떠는
잔망孱妄도 선망羨望도 G 선 위의 달빛이다
눈물로 현들을 매어 젖어드는 사랑아

내 늙은 나귀

한 주인의 머슴 되어 등을 내준 열여덟 해
그 여력 힘에 부쳐 잘 가다 드러눕네
가자면 가자는 대로 비탈길도 마다 않던

헛디뎌 구겨져도 덧댄 상처 감추고
남루한 삶의 여정 묵묵히 지켜준 너
곧 보낼 이별의 예감 난감하고 애처롭다

버티고 선 바람따지 겨울비 찔끔거려
빛나던 등 닦여봐도 몰골 더 숭숭하다
공유한 시간의 바퀴 오랜 만큼 아플 줄이야

한물

메뚜기 한철이듯
꼴뚜기도 제철 있다

빛깔 좋은 온갖 과일
제철 맞은 저 당당함

쏟아낸
내 삶의 한물
그런 날 있었던가

바람꽃의 말

척박한 바위 위에 살 부비며 사는 이끼
한자리 수백 년이 휘어진 저 팽나무
단애의 모진 비바람에 꽃 피우는 바람꽃

수만 번 철썩이는 파도 제 살 깎는 몽돌이여
시래기죽 끓여놓고 늘 배 아픈 육 남매 모
고통이 승화된 화석 눈물이 참 아름답다

세상 제 것 온전히 지키려는 줄다리기
거짓이 정직이라고 우기는 어처구니
애당초 바라지 않았다 덧없는 사랑 떠나갔다

어쩌나 이 봄을

겨울 함께 갇혔다
숨죽이며 기도하며

내 봄은 아직 먼데
명자꽃 울을 넘고

창 밑엔 분내 나는 꽃
벌써 와 서성이는데

무겁다, 책

책장 속의 책을 싸면
집 한 채 기우뚱

가벼워서 백지장이
그 변신 참 무겁다

활자 된 지식의 질량
중력을 당기는 중

학문이라는 돌을 갈아
엮어진 게 책이겠다

아, 공부가 힘든 것도
숨어 있는 함수관계

무거움 그 시작에는
나무 한 그루 세우는 일

칠흑 같은 밤

쏟아질 듯 영롱한 별 가득한 밤하늘
별 헤며 보석 하나 내 별이라 찜했지
순수는 한 푼 셈 없이 별을 다 가졌다

문명은 베푼 만큼 하나씩 감춰두고
아슴한 추억만 갈잎처럼 뒹군다
도심은 볼 야윈 불면의 밤 이슥토록 자다 깨다

가로등 옆 소나무 제 그림자 기대서서
밤을 잃은 꽃들에게 먼 이야기 전한다
별빛도 칠흑 같은 밤 그리움에 뒤척인다

에덴공원* 그곳

창세기 아담이 산 동산은 아니지요
불빛 아래 마주 앉은 강나루의 야외 카페
그림자 흔들리는 젊음도 별빛 당겨 밝히던

그즈음 낭만이란 가득 찬 술잔은
언제나 성모의 보석** 그 선율에 취했다
아득한 시간의 저편에 날아드는 풀꽃 같은

빗줄기 그치기를 기다리던 시간도
빗소리에 잠기며 생각이 젖던 날도
지금 저 빼곡한 건물 창에 부딪는 나비일 게다

* 부산시 시하구 하단동 에덴유원지. 조선시대 부산 8대 명승지 중의 하나
인 '강선대'로 불리던 곳으로 한때 연인들의 데이트 장소였다.
** 볼프페라리가 작곡한 오페라 〈성모의 보석〉 중 간주곡.

흙의 시간

간밤에 고구마밭 산돼지 훑고 갈 때
울 엄마 뻔히 보고 얼마나 애태웠을까
무덤가 하얀 개망초 그 이야기 흐드러진다

한갓진 수탉의 울음 목을 빼는 한나절
적막이 달아나다 구름 한 채 넘는다
호미 끝 솔바람 소리 목을 감다 흩어지고

귀 대면 흙의 숨결 자분자분 들려도
짧은 해 금세 돌아 어둡사리 쫓기어
노오란 달맞이꽃대 또 하루를 펴고 있다

길

가본 길도 가보지 않은 그 처음이 있었다
풀 향기 벌써 닿아 아련한 설렘의 길엔
수백 번 허우적대는 질퍽한 늪이었다

별 하나 튕겨 나가 아득해진 나의 광야
얼마큼 기다려야 꽃이 피고 새가 울까
하늘도 글썽이는 눈 우두커니 서 있다

가고 또 가던 길 목쉰 갈대 떨림 같은
이제나 저제나 여린 불씨 가눌 때
능선 위 에돌아가는 길 환한 푯말 보았다

2부

강남스타일

남도에 간다
– 김영랑의 생가

시인의 집 뜰에는
삼월 햇살 올을 풀고

장독대 심심하여
물구나무서 있다

마당을 감도는 바람
대숲의 웅성거림

또 한 해 뜨거워질
모란잎 붉은 새순

피기도 전 면면히
내 살의 핏줄 같은

아직도 슬픔의 봄노래
모란이 곧 피겠다

나비 때문에

수업 종이 울리고 한참이 지났건만
고운이의 빈자리 아이들도 모른답니다
선생님 초조한 마음 창밖으로 내닫고

교실 뒷문 사알 열리자 안도하는 술렁임
꾸지람 아직인데 눈물 먼저 그렁하다
"나비가 자꾸 나비가요 잡힐 듯 안 잡혀요"

목소리 끊어질 듯 눈망울에 걸린 나비
한 마리 노랑 나비 교실 창가 맴돌고
바람도 훌쩍 따라와 책장을 넘기는 봄

강남스타일

여닫지 않아도 삐걱댈 듯 강남미용실
세월 묶인 간판 아래 영업 중 써 있다
확 풍긴 파마약 냄새 팔십 년대 그 시절

신 내린 늙은 원장 가위 손이 널을 뛴다
침침한 시력 너머 앞서가는 감각의 눈
옳거니, 제비의 고향 그 강남이 아닌가 봐

고객 만족 그사이 잘려 나간 머리카락
버짐 핀 거울 속에 맡긴 머리 산뜻하다
그래도 강남스타일 놀람 주의 삼천 원

스마트폰의 역습

허전하다 두고 온 폰
불통에 허둥댄다

깊숙이 익은 습관에
스스로 매인 몸

그립다 꽃시계 차고도
소통하던 순수한 날

적반하장

1

우리 밭 고구마가 산돼지를 불러들여
자두까지 따 먹었다고 들녘이 시끄럽다
오얏꽃 봄날 향기를 잊었겠나 저 짐승이

2

늦가을 멀칭하고 구멍마다 심은 마늘
겨우내 꿈이 부푼 풀들이 들고일어나
주인공 뒤바뀐 봄날 호밋자루 바쁘다

3

나날이 몰려오는 세상 여론 쓰나미
원뿌리 캐내려다 부러진 곁가지를
곁가지 원탁 위 놓고 계수나무다 금목서다

태풍 지나간 후

때아닌 가을 태풍
한반도를 딛고 갔다

아직 푸른 은행잎
나비처럼 차창에

휘몰다 떠나간 자리
가을 햇살 빗물을 턴다

태풍이 쏟고 간 듯
밤하늘 총총한 별

어릴 적 두레박이
건져 올린 그 별이다

투명한 소슬바람 타고
귀뚜라미 울어댄다

을숙도 소묘

강물은 무심히 그렇게만 흘렀을까
깊은 속 태초부터 뜻을 품은 긴 날들
저만치 바다를 두고 섬 하나 일궜으니

쩐득이 숨 쉬는 땅 온갖 생명 깃들인다
계절은 오고 갈 때 철새들을 데리고
개개비 떠나간 자리 오리 떼 짐을 푼다

갈대숲 노래는 늘 서걱여서 쓸쓸한데
어느덧 자리 잡아 한 풍경 된 저 하굿둑
옛사랑, 빈 나룻배는 기다림도 지우고

보이지 않아도

바람살 곧게 불어 연 날리기 좋은 날

연 따라 풀린 얼레 곱은 손맛 짜릿하다

구름 위 날아오른 연 아이는 알고 있다

연줄에 실린 맥박 팽팽히 당겨져서

잡은 손 놓지 말자 하늘을 끌어당기면

들린다 보이지 않아도 믿느냐고 물으시는

지하철 삽화

무표정 마주하고 지금 모두 가고 있는 중
덜 깬 술이 아침을 잡고 속엣것 내뱉는다
손에 폰 그러든 말든 신문화에 골똘하고

들어선 목쉰 호객 천 원 한 장 외치다가
늘 그랬듯 허탕 쳐도 다음 역 서는 열차
분홍빛 여성배려칸 배려 없는 남성 봐라

빈자리 짐짓 눈짓 그 인심이 환했는데
놓고 간 우산 혼자 유실물로 기대 있다
인파 속 잊혔던 얼굴 저만치 흘러가고

발자국

동해안 갯바위와 갯바위 그 사이에
햇살의 쉼터 같은 오붓한 모래사장
발자국, 숨길 수 없는 존재의 무심한 흔적

눈 내린 하얀 세상 이처럼 살았으면
발은 늘 말한다 곧은길로 가자고
뽀드득, 정직한 풍경 뒤돌아 나를 만난다

마당 깊은 우물

첨버덩! 그 소리는 천성天性에 닿아 있다
달그림자 비치는 우물가 맑은 기억
두레박 철철 넘치게 팔을 재며 올린다

가뭄에도 가친가친 결코 마르지 않던
앞집 뒷집 물동이 인 이웃이 드나들고
우물 뒤 끼얹는 찬물 까르르 달은 보았지

길어진 시간만큼 두레박도 어딜 가고
달빛만 서성이는 가득한 물의 정적
우물은 깊은 그대로 먼 산도 깊어간다

자장매 보러 간다
－통도사 홍매화

법당 문살 화선지에
자장율사 붓끝 난장

눈으로 들이켜면
닫힌 오감 겨울 벗고

올봄도 새살의 향기
궂은 세상 버텨낸다

추석

청마루 둘러앉아 반가운 정 반죽한다
풀벌레 저 울음도 송편 속 저며 넣어
어머니 넉넉한 마음 솔향기로 쪄낸다

담 너머 함박웃음 지붕 위 박이 여물고
우물가 두레박도 출렁출렁 달빛 긷는
둥두렷 서로의 가슴 떠오르는 달 좀 보소

해가 졌다

철책도 울도 담도 보이지 않았건만
시간의 정지선 앞 내달음이 뚝 멎었다
단 한 번 아주 무거운 빗장이 열리는데

촛불이 요동치다 적막에 휩싸이고
새 한 마리 울다 말고 날아간 곳 허공이다
이제 막 뜨겁던 한 생 세상 밖에 저물었다

3부

은행나무 아래 우체통

장마전선

한랭 온난 두 줄기
움직이는 산맥이다

군홧발 소리 없이
우주를 돌고 돌아

딱 맞서 우레가 터지자
억수같이 따루는 비

어쩌다 온 들녘은
두 갈래로 치닫고

서늘한 음모론도
구름처럼 떠돌다

일기는 늘 장마전선
맑음이 아득하다

찔레꽃

산굼턱 무리 져도
야단스럽지 않더라만

호젓이 돌아앉아
생각 젖는 너를 보면

하얀 넋 오월의 들녘
찔레 찔레 아득하다

소쩍새 우는 밤도
설운 전설 그 향기도

머금은 이슬인 듯
설핏설핏 아픔 같은

무덤가 하얀 저 낮달
한입 가득 꽃잎이다

숲길에서

아파트랑 마주한 키 한동네에 사는 산
그 허리를 감고 돌면 숲길도 말을 건다
산벚꽃 쓸쓸한 꽃비 쓸고 간 바람 보았냐고

장승같은 소나무 부러져도 살아 있다
저 어린 졸참나무가 어깨 내준 덕분이지
불편한 서로의 처지 숙명처럼 견딘다

뿌리짬의 상처도 옹이 절로 되어가고
올봄도 새 솔 돋아 누운 채로 푸르러서
어깨 위 제 십자가인 양 만근 무게 받치고 섰다

은행나무 아래 우체통

내게 오롐 사연 품어 오롯이 전할게
노란 잎 천년의 빛 물들어 저무는 강
잊혀진 그림자 하나 그 자리 더 붉어진

무심한 발걸음도 설레발을 치던 날
바람만 들락이는 긴 시간 무뎌진 지금
날아든 은행잎 하나 섬광 한 줄 안겨주네

내 가난한 시첩도 텅 빈 저 우체통
가을바람 속살대자 각질 같은 쓸쓸함만
입시울 빨간 날이 그리운 네 기다림 읽는다

뚜벅뚜벅

하늘 이고 땅을 딛는
직립보행 후예들

집 한 채 버티느라
발바닥이 두껍다

신발 속 생의 무게가
겹겹으로 젖어간다

이골이 날 대로 난
가다 서다 내딛는 길

포개진 발가락이
휘도록 버거워서

이력서 회전문 돈다
낯선 빌딩 민낯 너머

낙동강 하굿둑

바다 향한 아련한 설렘이야 없겠냐만
도도히 달려온 칠백 리 길 숨 고른 후
이제는 맞닥뜨리고 나를 내려 놓으련다

물길도 시류 타고 넘나들지 못하는
두터운 둑 버티고 내 속내를 묻는다
나서면 그뿐이라고 그래도 가보리라

이름표 바꿔 달고 수문을 나서는데
확 터져 끝 간 곳 없는 물두멍이 아뜩하다
멍하니 두고 온 산천 포말 되는 또 한 세상

양파 담론談論

굽이굽이 돌아도
하얀 속살 그 길이다

종내에 움켜줄
그 무엇을 찾지 마라

삶이란 매운 눈물로
길 밝히며 가는 일

한파경보

넘어진 제트기류 최강 한파 심장하다
흰 눈도 칼추위엔 명함도 못 내미는 날
반쪽 달 자 대어 자른 입술이 새파랗다

고향 집 동파 지키려 등을 대고 누운 밤
적막도 얼어붙어 바람 한 점 기척 없다
소한小寒은 마당 우물에 손이라도 좀 녹이나

올빼미 글 읽던 밤 이야기 실타래
삭풍을 막아내던 군밤 익는 시간 저편
야심한 문틈 사이로 달빛이 차고 든다

우수 무렵

매화는 벙글어서 새봄이라 말하고

봄비 내린 포슬한 땅 쏘옥 내민 여린 촉

알겠다 자연이 아름다운 건 말없이 말한다는 것

애당초 사는 세상 사람에게 말이 없다면

미소로 눈빛으로 꽃 같은 표정으로

좋겠다 저 거짓말 너덜경 듣지 않고 살겠네

입하

왜애앵, 한동안 잊고 산 그놈이다
곡우 지나 선언하고 들어서는 또 한 계절
삶의 결 꿈틀대는 신록 슬슬 끓을 채비인가

농가월령 바빠진 농부의 일손처럼
뻐꾸기 우는 동안 보리밭섶 오디 익고
오뉴월 군불 지피는 햇살 덩이 스위치 온

눈 맞춤

아파트 빌딩 숲
그 사이로 보인다

파란 치마 흰 저고리
속속들이 아름다워

퇴화한 내 날개 돋아
구름 아래 잠긴다

저 너머 또 저 너머
가버린 내 아린 날

방울방울 떨어져
호수 되어 비추는가

뭉그적 저 구름의 여유
하늘 권속 틀림없다

창녕성당

성전에 들어서면 늘 앞에서 두 번째 줄
모시 적삼 미사포에 우리 엄마 선연하다
잘 안다, 엄마의 기도 그 담백한 청원을

우리가 보던 책을 다문다문 읽으시다
소학교 삼학년 다니다 말았노라고
어쩐 일, 성가를 펼치면 가사 음정 걸림 없다

성당 담길 능소화도 붉어지는 기도 합송
종소리 떨리던 여운 바람 타는 윤슬처럼
글라라 할머니 자리 가을 햇살 앉아 있다

처음처럼

살아온 날 무수하여
남루해진 집 한 채

늘어난 살림살이
어지러운 잡동사니

농 밑에 빛바랜 흔적들
세월 함께 뛰쳐나온다

묵은 정 끊어내며
과감히 뿌리치기

분내 솔솔 돌아와
처음처럼 환해진 집

사람은 이럴 수 없나
진작 시든 저 불로초

길고양이

뒷집에 길고양이 밥 주는 여자 산다
뒷집에서 밥 먹고 우리 집은 놀이터다
고향 집 심심한 마당 저그들 영역인 줄

마주치면 빤히 보고 누구냐고 묻는 듯
신발짝을 집어 들고 으름장을 놓는다
지난밤 청승 떨던 울음에 설친 잠도 가세하여

고개 푹 떨구고서 마당 질러 걸어오네
어딜 가? 화들짝 눈 맞추고 줄행랑
봄바람, 고양이 저도 아린 날 있나 보다

4부

까치집 짓기

실마리

고향 집 장롱 속에 오래 익힌 반짇고리
골무와 실뭉당이에 봉인된 시간 깨어난다
한 올의 실이 풀린다 기억 저편 뭉게구름

눈발이 희끗희끗 장독대에 날리는 날
구멍 난 양말들을 깁고 있는 백열전구
엄마는 천을 덧대며 언 발들을 녹인다

기운 양말 더 따습다 달래며 신겨주시던
꺼칠한 손 나일론에 스치던 소리 아프다
에나멜 반고무신 등에 겨울 나비 나풀댄 날

저무는 길

1

빈 유모차 기대어 백발 엄마 절며 간다
자식 태워 어르던 꿈같은 봄날 가고
실은 건 한 짐이 된 세월 소슬바람 등을 민다

2

가득 실린 폐지 상자 앞서 매달린 저 노인
숨결도 주름져서 언덕길이 태산인데
한 수레 버려져 접힌 생 노을 속에 저문다

3

날마다 어린 손자 기다리던 할아버지
교문 밖 횡단보도 맞은편에 서 계셨는데
개학 날 그 손자 혼자 땅만 보고 건너가네

까치집 짓기

"까치집을 지었네!"
부스스한 뒤통수에

세상일에 지친 몸을
베개에 묻고 나면

밤사이 까치가 와서
집을 짓고 가나 보다

내 머리 까치집 보고
웃고 있는 사람도

그 사람 까치집은
내가 보고 웃는다

늦가을 까치 울음도
새가 되어 나는 날

새 신을 신고

저승길도 길이라면 동구 밖쯤 나서는 중
아슴한 기억 마디 사립문 들락인다
어쩌다 종손 며느리 그 위풍 한 줌인걸

조금 전 끄덕이며 안다더니 또 누고오
침상마다 압축 파일 살풍경이 잔잔한 날
입 속에 폭 삭은 옹알이 형제 이름 들먹인다

다 내려논 빈손에 손금마저 희미한데
쓰다 만 자서전도 이쯤에서 덮어두고
어머니 일렁이던 파도 스산한 바람이다

봄날, 대변항

오월의 초록 물결 땀방울도 팔딱인다
그물에 모개져도 나부대는 멸치 떼야
짙푸른 하늘 안고서 포물선을 후려친다

비린내 얼굴 뒤덮은 동남아 선원들이
앞소리 메다꽂고 뒷소리를 떠들친다
당겨라 당기고 당겨 후리소리 멸치 떼야

한바탕 뽑아 올린 혼 어깨 들썩인 대변항
외진 포구 어부들이 비릿비릿 절여진다
후끈한 멸치의 계절 아침 해가 짙붉다

대구 약령시장

삭신도 기를 받는 한약 냄새 달달하다
냄새마저 용하네요 잠든 기억 일깨우니
저만치 아버지 성큼성큼 창녕서 오신 길이지예

달포마다 약령시장 약을 떼 오셨다
숙지황 천궁 감초 약작두로 썰고 볶고
장날엔 한의원 대청마루 흰옷 입은 사람 가득

약령시장 맥을 짚는 허준 선생 후학들
한지 네모 모서리를 맞대어 싼 약첩엔
벼루 먹 세필붓 적셔 생강 세 쪽 대추 두 개

은행나무 생각

가을장마 추적추적 후줄근히 걸어온다

뜸 들이던 은행잎 비바람에 부대끼다

아직은 더 품을 자식 내려놓고 가슴 친다

저만치 뒷짐 지고 생각 젖는 노거수

수수만년 노란 물빛 썰물 같은 변주곡

짙어진 가을앓이의 명제 더 깊어져 너에게로

도롱뇽은 어디에

태고부터 내림으로 면면한 예지력
홍수 가뭄 미리 알고 알의 둥지 찾는다
발가락 꽃잎 펼치고 물에 뜬 달을 사랑했다

반짝이는 별밤도 잠겨드는 깊은 생각
맑은 물 가슴에다 땅의 지문 새겼다
도롱뇽 고무신에 담아 맨발로 온 어린 날

물에 잠긴 청석돌 넓적바위 어디 가고
자하골 냇물 바닥 시멘트로 굳건하다
한 번 더 꿈을 살리는 꿈 도롱뇽을 찾습니다

오월

동그란 물빛 얼굴
해맑게 너는 온다

시린 날 쩐 마음도
초록에 헹궈지는

하늘 땅 제 몸짓에 놀라
쪽물 자꾸 풀어낸다

텃밭 배추

팔월의 익은 더위 쏟아붓던 텃밭에
어설픈 농부에게 딱 걸린 어린 배추
해마다 질겨 바라진 알싸한 그 속내는

땅을 딛는 작은 걸음 심는 건 떨림이다
배춧잎 여린 살점 속절없이 밥이 되고
흰 나비 속살대는 입맞춤 허방다리 바람일 뿐

짧아진 노을치마 별 이야기 길어졌다
속앓이로 채운 속 건들바람 툭 툭 치고
무서리 밑동이 시린 날 가을 한 짐 업고 가네

태풍, 훔쳐보다

안과 밖은 벽만 두고 잠 못 이루는 밤이다
'마이삭'이 기세등등 바다가 솟구칠 때
땅 위는 처절한 몸부림 개벽과 맞서는 중

회오리 속 외눈박이 세상 향한 저 노여움
쏟아놓은 가로등 불 찢긴 적막 펄럭인다
넌 바람, 홀씨를 날리던 살갑던 바람 아니더냐

중력을 옮겨놓고 저만치 잠잠하다
시간마저 쓸고 간 뒤 손을 내민 창공 한켠
빗줄기, 터진 하늘에 흐느낌이 깊어졌다

눈사람 왕국

내다본 세상 풍경 꽁꽁 언 눈사람들
입도 벙긋 안 했는데 코까지 가리라네
문고리 걸어 잠그고 눈만 뜨고 전쟁 중

유령 같은 적을 향해 방패만 들고 있다
올가미 씌워지면 연번호로 불러지고
폭죽이 사방팔방 터지듯 파편 조각 줍는다

매스컴의 파노라마 실시간 자동 덧셈
현실 속 게임 머신 뜬금없는 파도타기
여린 봄 가지째 꺾여 살얼음 딛고 간다

절망을 위하여

울음도 가둬버린
꺼져가는 절망에게

어깨를 두드리며
소리 없이 흐느낀다

희망은 제 눈물 적셔
절망을 일으킨다

도시 두레박

문 닫고 산 이웃사촌 만나는 네모 공간
가벼운 목례 후 가둔 공기 누르는 중
사람을 길어 나르는 수직 이동 두레박

어느 날 꼬마에게 방긋 말을 건넸다
할머니 요즘 안 보이네 편찮으시냐
할머니 죽었어요. 왜? 숨을 못 쉬어서요

그 꼬마 청년 되고 이웃들의 체취 담아
골목길 돌아드는 그대 발자국 설렘 대신
땡 멈춤 자르르 열린다 공연이 끝난 하루

5부

문 앞에 서서

코 풀기

코밑은 늘 바빠서
내 코가 석 자였다

코를 박고
일하느라
코흘리개
늘 울렸지

그나마 콧대는 높아
그 여력에 버틴 세월

공통분모
—암 병동에서

"악성종양입니다"
쿵 짧지만 둔탁한 북
캄캄해진 먹구름 속 살얼음 딛고 있다
눈망울 유순해지고 갸느러진 날갯죽지

뛰는 일상 묶어서 가둬놓은 헐렁한 옷
링거 줄 치렁치렁 병실 복도 돌고 돈다
야위진 쓸쓸한 부피 똑같은 누름돌로

한밤중 잠 못 드는 침상의 울렁임
나눠 갖지 못하는 건 여기 또 있더이다
어느 밤 적막을 찢는 대답 없는 울부짖음도

빨간 신호등

준엄한 단 한마디 그대로 멈춰라
초록빛 뚫린 질주를 단호하게 막아서는
신호등 빨간 눈의 위력 부릅뜬 일침이다

생각은 늘 얕아서 눈 저울로 가늠하다
잠시 쉬다 가라는 걸 걸렸다며 투덜댔지
파장 긴 핏빛의 사유 멈추니 들려온다

활자가 아니어도 경전이 된 신호등
하루에도 수백 번 멈춰보라 이른다
어느새 울림의 시간 뒤 쑥 내미는 초록 열쇠

아, 가을

가을 정취 만개한 폰 영상이 도착했다
해마다 노래하던 해마다 걸어왔던
비발디 불러내어 온 한 계절이 떠내려가네

발탁되진 않았어도 주연은 내 맘먹기
꺼역꺼역 살았어도 일상이 호사였네
늦가을 억새의 떨림 내 맘까지 닿을까

햇볕에 뜸 들이면 가실가실 일어날 듯
별이 내린 저녁 뜰 풀벌레 울음 잦아들어
서먹히 대문을 들어서면 잘해줄 거야 시간에게

겨울 담쟁이

담벼락 까칠한 등
여린 손 파고든다

맨손으로 짜 올린
그 뜨겁던 초록 휘장

다 가고 뼈로 그린 자화상
달빛만 잠겨 있다

탁선생을 말할 것 같으면

탁 튀는 느낌 달리 목소리도 나긋나긋
땅뙈기를 자식처럼 어르고 달랜다
오늘도 수업의 달인
간증하듯 끈을 푼다

산촌의 삶 청사진을 기어코 펼쳤다가
집 한 채 불태우고 씀바귀랑 엎디어 산다
지난밤 소쩍새 울음소리
가슴 저려 서글펐다며

드나드는 복지사가 참던 의문 던지자
사는 게 힘들어도 슬프지는 않다고
투지 폰, 새소리 방울지고
바람 소리 흐른다

바람 끝

낙엽 떨군 가지 끝에 한 장 달력 펄럭인다
열두 달 동여맨 애태움의 생채기도
한 걸음 물러서 보면 치유되는 너그러운 달

수고한 이웃들의 억척같은 시간도
무성한 나무들의 합창도 끝이 나고
다 벗고 의연한 결기 보란 듯 다독인다

허물을 쟁여놓고 저무는 해 노을 깊다
긴 회한 울음보다 더 뜨거운 염원 담아
흔든 손 밀어 올린다 붉은 해의 푸른 기도

우리 곁의 남강

성을 품은 드넓은 가슴
보라, 저 힘의 원천

구국 일념 도도히
깊은 물살 천 년이라도

승천할 그날을 위해
유등 밝혀 새기는 강

가을비

가을비 찾아왔다 빈손에 비 받들고서
지난봄에도 울더니 아직도 울어댄다
태풍이 무너뜨린 들녘 적막만 넘치는데

푸드덕 퍼덕이는 꿩들의 날갯짓이
가을 햇살 허기진 저 들녘을 쪼고 있다
한바탕 쏟아낸 적막 또 비 몰고 오겠다

고요한 저녁

어둠이 엎디어서 땅 먼 곳에 귀를 댄다

앞세운 그의 이름 비의 신 쁘라삐룬

날 새면 예고된 개벽 숨죽이는 늪의 시간

긴 장대 내리꽂는 비바람 성큼성큼

정적을 뚫고 오는 소용돌이 서늘하다

보란 듯 들쑤셔 놓고 무장무장 쓸고 갈걸

탱자꽃 그 울타리

길어진 숨바꼭질
꽈리꽃만 붉더니

달빛만 걸어두고
떠난 지 오랜 골목

어느 날 바람의 기별
가던 길 돌아섰다

반백 넘은 나이테
이고 지고 낯설다만

내 안엔 곱던 네가
네 안에 앳된 내가

그래서 가슴 저릿했나 보다
탱자꽃 그 향기가

문 앞에 서서

건물도 들숨 날숨 아가미는 문이다
묵은 타성 떨쳐내고 문지방을 겨우 넘어
희붐한 시공의 궤도 이어지는 문이 있다

새해라는 약속어음 서명하니 코앞이다
비몽사몽 살았어도 또 한 세상 꿈꾸며
숙연히 눈을 감는 눈 간절하면 열리려나

칙폭칙폭 걸린 시동 연결 바퀴 2020
자꾸만 달려갈 듯 이내 곧 떠나갈 듯
동녘 문 뿜어내는 빛 얼떨결에 들어섰다

아픈 광고

1

전봇대에 붙어 있다 못 받은 돈 받아준다고
돈의 길엔 협잡꾼 구더기 꼬여드는 법
대낮의 빨간 거짓말 전봇대가 불붙는다

2

고양이에게 대책 없이 밥 주지 말라는데
쥐 새끼 밥 주지 말란 말 아직 들은 적 없다
자본의 뜬금없는 인심 정의처럼 짙푸르다

3

휘황한 도심의 밤 오토바이 배팅이 한창인데
반라의 여체 전단지 아스팔트가 축축하다
시절은 늘 수상했다 갈 곳 없는 소나기처럼

오르다

헉헉 산을 오르다
물가가 오르다

오를수록 힘들어
가쁜 숨 몰아쉰다

세상사,
죄 날아오르고픈
담쟁이 저마저도

| 해설 |

자아실현의 모범적 궁리,
혹은 시간의 붉은 뜨개질

민병도 시인

1

한 시인의 정신적 이력 안에서 시조라는 문학은 과연 어떻게 출발하여 어떤 경로를 선택하고 있으며 또 그 목적지가 어디인가를 살펴보면 작품의 배경이나 효용성을 이해하는 중요한 정보를 제공해 줄 것이다. 시조도 결국은 삶의 경영에서 빚어진 발언이기에 그 사람의 지나온 흔적을 품기 마련이다. 어떤 경우는 거침없이 밀려오는 불안을 풀어내는 자기 해소의 방편으로 출발하였을 것이고 어떤 이는 절망을 극복하는 묘안을 찾는 심리적 모색에서 비롯되었을 것이다. 또 어떤 이는 물상이나 사건을 바르게 이해하고 동시대적 관찰자로서의 행동 선택의 길라잡이로 삼았을 수도 있다. 어떤 동기에서 출발하였거나 한 시인의 진중한 관찰과 사색과 사유를 거치는 동안 그 사물이나 사건은 삶의 가치 질서를 형성하게 되고 결과적으로 역사의 흔적으로 남게 된다.

그것이 자기 정신 영역의 확장을 위한 출발이라면 주된 소재가 정관靜觀이나 선禪의 발심 역할을 하게 될 것이고 자기 해소의 한 수단으로 활용한 경우라면 자기감정의 유희적인 한 접점으로 차용될 것이다. 혹여 특정한 목적을 이루기 위한 목적시라면 또 그에 걸맞은 피사체나 설계된 공간으로 형상화될 것이다.

그렇다면 그같이 창작된 시조의 효용성은 반드시 창작으로 과정에 비례하는 것일까. 오늘날과 같은 문학의 현장에서 효용성이라는 단어의 역할과 범위는 사실 다양한 해석을 가능하게 한다. 인쇄문화를 통한 전달을 이용한다는 측면에서는 다중의 공감대 형성이 중요한 기능 가운데 하나겠지만 그렇다고 개인적 사상이나 철학의 전달이라는 주관에만 몰입하면 아마추어리즘을 벗어날 수가 없다.

따라서 한 시인의 작품집을 온전히 이해하기 위해서는 그 시인이 어느 지점에서 시조를 만났고 왜 지나쳐 버리지 못하였으며 어떤 경로를 이용하였고 또 어디로 갈 계획인지를 살펴보는 일은 매우 의미 있는 과정이다. 거기에는 행간에 미처 다 익혀내지 못한 심리적 갈등이나 모색이 엿보일 것이고 가고자 하는 목적지가 지닌 희망 가치를 유추해 볼 수 있다는 점에서 바른 시 읽기의 한 방법이 될 것이다.

2

김임순의 시조집 『첼로를 품다』를 읽기에 앞서 그는 어느 지점에서 시조를 만났으며 왜 외면하지 못한 채 갖은 열정을 다하여 부둥켜안고 씨름 중인가를 점검해 보고 싶었다. 아울러 현재는 어디로 향하고 있는지도 매우 궁금하였다. 그의 이력을 보면 2013년 등단이니 8년째인데 선집을 제외하더라도 이미 세 번째의 시조집이다. 우선 양적으로 그가 얼마나 시조에 열중하고 있는지 짐작이 가고도 남는다. 습작 기간을 고려해도 그의 시조 입문은 10년여에 불과하다. 바꾸어 말하면 이순을 바라보면서 '시조'라는 문학의 낯선 길로 접어든 것이다. 평생을 교직 생활에 열중하던 그가 새로운 각도에서 자신을 바라본 것이다.

무엇이 그에게 새로운 길을 선택하도록 하였던 것일까. 그것은 어린 시절, 특히 정신적 교감을 통한 어머니와의 만남이 가져다준 자아의 발견에서 비롯되고 있음을 여러 시편이 보여주고 있다.

성전에 들어서면 늘 앞에서 두 번째 줄
모시 적삼 미사포에 우리 엄마 선연하다
잘 안다, 엄마의 기도 그 담백한 청원을

우리가 보던 책을 다문다문 읽으시다
소학교 삼학년 다니다 말았노라고
어쩐 일, 성가를 펼치면 가사 음정 걸림 없다

성당 담길 능소화도 붉어지는 기도 합송
종소리 떨리던 여운 바람 타는 윤슬처럼
글라라 할머니 자리 가을 햇살 앉아 있다
　　－「창녕성당」 전문

　우연히 어린 날의 추억을 가득 담고 있는 '창녕성당'에 들어
갔다가 어머니를 만난다. "모시 적삼 미사포"를 쓰고 "늘 앞에
서 두 번째 줄"에 앉아서 "담백한 청원을" 올리던 "엄마의 기도"
에 마음을 빼앗긴다. 그때는 그냥 그러려니 했지만, 자신이 어
머니의 나이를 넘기면서 그 간절함의 깊이를 헤아리게 된 것이
다. 어머니이면서도 "소학교 삼학년 다니다 말았"기에 "우리가
보던 책을 다문다문 읽"을 수준이었지만 "성가를 펼치면 가사
음정 걸림 없"던 신심을 생각하면서 잠시 회한에 젖는다. 그렇

게 열정을 일으켜 세웠고 삶의 미래를 기도에 내맡겼던 "능소
화도 붉어지는" 한때였지만 그 "글라라 할머니 자리 가을 햇살
앉아 있"으니 말이다.

　과거의 시간을 만난다는 것은 거울에 비친 자신의 모습을 보
듯 자신의 과거를 돌아본다는 의미이다. 그렇다고 다시 그 시
간에 닿을 것을 기대하는 것이 아니다. 다만 그 추억이 소중한
만큼 오늘의 이 시간을 어떻게 활용해야 한다는 자각에 이르는
길라잡이 역할은 할 수 있다. 김임순의 시조가 이 「창녕성당」
에서 출발한 것은 아니지만 어머니가 있는 유년 시절의 추억으
로부터 비롯하고 있음을 유추할 수 있다. 그리고 그것은 궁극
적으로 자아 복원의 건강한 토양으로 작용하게 된다는 점에서
바람직한 출발이다.

　어머니를 거울삼아 자신을 들여다보는 작품이 또 한 편 있다.

　저승길도 길이라면 동구 밖쯤 나서는 중
　아슴한 기억 마디 사립문 들락인다
　어쩌다 종손 며느리 그 위풍 한 줌인걸

　조금 전 끄덕이며 안다더니 또 누고오
　침상마다 압축 파일 살풍경이 잔잔한 날
　입 속에 푹 삭은 옹알이 형제 이름 들먹인다

다 내려논 빈손에 손금마저 희미한데
쓰다 만 자서전도 이쯤에서 덮어두고
어머니 일렁이던 파도 스산한 바람이다
  －「새 신을 신고」전문

  어머니는 자기 존재의 근원이자 출발 지점이다. 세상의 모든
유의미한 가치가 자신의 존재로부터의 인식이라는 점을 생각
하면 어머니와 견줄 만한 대상은 세상 어디서도 찾을 수가 없
다. 그러면서도 여여한 일상성과 또 다른 존재의 연속성을 전
제로 한 섭리에 길들다 보면 잊고 지나기가 십상이다. 그 같은
시간의 흐름에서 발견한 자각이야말로 자신의 모든 일상을 점
검하게 만들고 좌표의 점검과 정신적 지향점을 수정하는 계기
를 갖게 한다. 말하자면 자기 성찰을 위한 촉매로 활용하는 것
이다.

  이 작품에서도 치매에 걸린 채 이별을 준비하고 있는 "종손
며느리"인 어머니와의 만남을 통해 다시 한번 삶의 위의威儀와
앞으로 자신이 취해야 할 삶의 선택지를 헤아리고 있다. "어쩌
다 종손 며느리 그 위풍"을 다 잃어버리고 이미 "저승길"의 "동
구 밖쯤 나서는 중"인 모습에서 생명체로서의 필연임을 알면
서도 속수무책인 자신의 한계를 자인하게 된다. 혈육도 알아보

지 못하고 "조금 전 끄덕이며 안다"라고 하다가 또 금방 잊어버리고 "누고오"라며 무너져 버린 정신 줄을 어찌 수습할 수 있으랴.

"쓰다 만 자서전도 이쯤에서 덮어두고" "새 신을 신고" 홀연히 떠나가는 어머니는 분명 자신이 맞아야 할 시간에 불과하다. 이미 앞서 발간한 시조집에서 보아왔듯이 이러한 자기 인식의 점검은 다양한 경우를 가정하여 다져왔다. 그리고 그 모든 시도는 지나간 시간에 대한 미련이나 회억이 주는 환상을 그리워하기 위함이 아니라 다가올 미래의 시간을 효율화하기 위한 수단에 맞춰져 있다.

3

태생적인 환경에서의 제자리 찾기에서 앞으로 나아갈 진로에 대한 방향 수정이 결정되면서 갖는 다음 단계의 관심은 대개 자신의 시간에 대한 자각과 반성과 성찰로 이어지기 마련이다. 과연 내가 가진 생각은 얼마나 온당한가, 또 내가 가져야 할 정신적 가치 안에는 무엇을 보충해야 하는가, 아니면 나는 과연 그만한 추진력을 지녔는가 하는 여러 가지 점검을 하게 된다. 김임순의 경우 그가 교직 생활에서 평생을 함께하였던 '책'을 잣대로 자신을 저울질해 보는 시간을 갖고 있다.

책장 속의 책을 싸면
집 한 채 기우뚱

가벼워서 백지장이
그 변신 참 무겁다

활자 된 지식의 질량
중력을 당기는 중

학문이라는 돌을 갈아
엮어진 게 책이겠다

아, 공부가 힘든 것도
숨어 있는 함수관계

무거움 그 시작에는
나무 한 그루 세우는 일
  -「무겁다, 책」전문

책은 굳이 사전을 빌리지 않더라도 어떤 생각이나 사실을 글이나 그림 따위로 나타낸 종이 묶음이면서 가치나 시대의 선택을 좌우하는 중요한 콘텐츠이다. 오늘날 어느 사람도 책이 지닌 지식의 힘에 의존하지 않고 자립에 이르렀다고 말할 사람은 없을 것이다. 이 작품 속의 화자 또한 마찬가지다. "책장 속의 책을 싸면/ 집 한 채 기우뚱"할 만큼 많은 분량이 짐작된다. 그런데 가만히 살펴보면 그 책의 바탕은 백지장이다. 거기에 "활자 된 지식의 질량"이 얹혀 "중력을 당기"고 있을 뿐인데 사람들은 쉽게 그 영역을 벗어나지 못한다.

스스로 진단해 본다. "학문이라는 돌을 갈아/ 엮어진 게 책이"라고 받아들이지만, 그 실천은 만만치가 않다. 사실 책에 활자화된 지식은 모두 과거에 대한 기록이다. 그리고 그 기록은 지금, 이 순간에도 변하는 중이다. 그런데 그 과거의 기록인 학문이 지금 화자에게는 돌처럼 단단하고 돌처럼 무거운 대상이다. 책을 통한 공부에서 자신이 얻고자 하는 것은 미래를 향한 바른 답을 얻기 위함이다. 하지만 책은, 책에 활자화된 지식은 과거에 정지되어 있다. "공부가 힘든 것도/ 숨어 있는 함수관계"라는 혼돈에 빠진다. 책이, 책 속의 지식이 자신의 목적지로 가는 과정이며 수단이라는 확신이 없기 때문이다.

그런데 이 작품의 반전은 둘째 수 종장에서 일어난다. "무거움 그 시작에는/ 나무 한 그루 세우는 일"이 그것이다. 책은 아무리 다양한 지식을 활자화해서 두께나 질량을 자랑삼아도 그

것 자체가 사람들의 삶이 되지는 않는다. 책 속의 지식을 활용할 때만이 힘이 되고 밥이 되고 집이 된다. 그러니 책이 가진 무거움을 온전히 내 것으로 만들기 위해서는 적극적인 실천이 필요하다. 그것이 책의 재료인 나무를 세우는 일이든지 미래의 환경자원인 나무를 세우는 일이든지 행동으로 옮기지 않으면 안 된다는 메시지로 매듭짓고 있다. 비교적 짧은 시편이면서도 사색의 깊이로 인해 메시지가 강하게 전달이 된다.

　　꽉꽉한 심연에도 악기 하나 품고 산다
　　사람을 닮은 모습 목소리를 닮은 음색
　　그 전율 전해오는 밤 도도히 숨을 싣고

　　품은 파도 뿜어내는 먼 바다로 나가자
　　심해에서 건져 올린 울림은 북극의 봄날
　　순록은 눈 속의 이끼 그 향기에 취한다

　　천 개의 바람 소리 휘감겨서 다시 떠는
　　잔망屛妄도 선망羨望도 G 선 위의 달빛이다
　　눈물로 현들을 매어 젖어드는 사랑아
　　 -「첼로를 품다」 전문

100

이번 시조집의 표제 작품이다. 앞의 작품 「무겁다, 책」이 강요적이고 필연적인 선택이라면 마음에 '첼로'를 품는 일은 지극히 개별적이고 자유로운 선택이다. 제목에서 알 수 있듯이 '첼로를 가지다'가 아니고 "첼로를 품다"라는 다분히 형이상적 영역이다. 첼로를 연주하고 싶으면 직접 첼로를 구해서 배운 만큼 연주를 하면 된다. 그런데 어떠한 사연인지는 몰라도 그렇게 하지 않고 첼로가 들려줄 수 있는 상상 공간을 가지는 것으로 대신하고 있다.

왜 하필 첼로인가. 행간에 소상히 올라 있다. "사람을 닮은 모습"에다가 "목소리를 닮은 음색"이기 때문이다. 그리고 "그 전율 전해오는 밤 도도히 숨을" 쉴 수 있는 치유의 순간을 만날 수 있는 까닭이다. 그뿐만이 아니다. 더욱 역동적인 힘이 실리면 "먼 바다로 나가"기도 하고 "북극의 봄날" 순록을 만나는 상상의 나래를 펴기도 한다. 그러다가 "G 선 위의 달빛"을 만나 지나간 시간이 남기고 간 추억에 젖으며 "눈물로 현들을 매"는 가슴 아린 사랑을 떠올리기도 한다.

"책"이 지식에 대한 갈망이라면 "첼로"는 뜨거운 가슴으로 품을 수 있는 치유의 욕망이다. 둘 다 늘리면 늘릴수록 수고와 비례해서 성취가 아름다운 정신의 무장장치이다.

자신을 돌아보고 자신을 만나는 시간은 하찮게 지나칠 양파 하나라도 사색의 저울 위에 얹는다.

굽이굽이 돌아도
하얀 속살 그 길이다

종내에 움켜쥘
그 무엇을 찾지 마라

삶이란 매운 눈물로
길 밝히며 가는 일
　－「양파 담론談論」 전문

　양파를 소재로 한 작품이되 '담론'을 덧붙였다는 사실만으
로도 이미 양파의 외형에 관한 이야기만이 아니라는 의도를 드
러내고 있다. '담론談論'은 일반적으로 '어떤 주제에 대해 체계
적이고 논리적으로 전개한 논의'를 뜻한다. 이 시편의 소재인
양파에 대해서 다양한 논증을 거쳐 그 배경이 되는 사회적, 문
화적, 역사적 관점에서의 의미 분석이라는 의미가 담겨 있다.
제목이 갖는 중요성이 이 작품에서 더욱 빛을 발하고 있다.
　양적으로도 평이한 단시조에다 익숙한 채소류인 양파를 소
재로 하고 있되 고도의 은유로 의미의 팽창을 꾀한 작품이다.
초장의 "굽이굽이 돌아도/ 하얀 속살 그 길이다"에서 이미 양

파의 모양과 구조를 신산한 삶의 질곡과 일체화시켜 두었다. 전체가 겉껍질에서 속껍질로 이어지는 양파에서 마지막 알갱이를 찾을 수 없듯이 삶에서도 오늘이 없는 내일의 성취에 매몰되지 말라는 교훈이 이 시편의 중장이다. 그리고 그 두 가지 비교에서 확보한 담론은 "삶이란 매운 눈물로/ 길 밝히며 가는 일"이라는 결론이다. 단시조가 도달할 수 있는 깊은 성취가 아닐 수 없다.

김임순의 개인적 관찰과 사색의 시간이 단기간에 여기에까지 이르렀다면 시조에서의 개안開眼뿐만이 아니라 잠재적 역량의 발현이라 할 수 있겠다.

4

시, 시조를 쓰는 일은 자신의 언어에 비친 자신을 발견하여 수정하고 정돈하여 사회적 동질성 안에 공유의 가치를 확보하는 의미이다. 자신의 발견은 사회적 구성체의 역할과 책무에 더욱 가까워지는 계기를 가져다주기 마련이다. 따라서 자연스럽게 사회적 시간, 더불어 살아나갈 시간에 대한 공통분모를 찾고 동질화와 함께 차별화를 시도하게 된다.

김임순이 선택하고 분석하여 공고한 자신의 위치를 찾는 대상에는 어떤 것들이 있을까.

오늘도 아파트 앞 벚꽃 그늘 그 자리
뻥튀기 아저씨는 뻥 픽 뻥 픽 봄을 튀기고
벚꽃은 리듬에 맞춰 제 꽃잎을 튀겨낸다

KF94 마스크는 튀는 봄을 막아서고
하필이면 봄이냐고 동백꽃이 툭 진다
분홍빛 시린 발들이 머리 위에 환하다
　－「뻥튀기 트럭」전문

　벚꽃이 만개한 봄날의 한 장면이 수채화처럼 그려진 시편이
다. 따지고 보면 그저 평범한 일상의 풍경이다. 봄이어서 벚꽃
이 피고 봄이니까 동백은 지고 "뻥튀기 아저씨"가 뻥 튀긴 과자
를 팔고 있을 뿐이다. 특별함이 없어 보이는 이 장면은 해마다
되풀이되는 자연의 섭리이고 그 섭리를 활용하는 생활인의 모
습 또한 생활인의 일상이다. 단지 화자에게 시적 동기를 제공
해 준 단면은 "KF94 마스크는 튀는 봄을 막아서"는 모습이다.
자연의 활동은 그대로인데 사람의 활동만은 제한당하고 있는
현실의 모습이 생소한 물음으로 다가온 것이다.
　그런데도 결코 슬퍼하거나 절망하는 대신 자연의 유장한 철
리哲理 앞에 "벚꽃은 리듬에 맞춰 제 꽃잎을 튀겨"내는 믿음에

손을 얹고 있다. 사실 아무리 사소한 자연의 현상이라도 그것
은 질서를 이어나가기 위한 몸짓에 불과하다. 아무리 낯익고
물린 모습이라도 받아들이는 마음의 상태에 따라 미소가 되기
도 하고 눈물이 되기도 한다. 화자는 지금 자신에게 주어진 환
경을 어떻게 수용할 것인지에 대해 적확한 대답을 내리는 대신
"뻥튀기 트럭"에 희망적인 상상을 선사하고 있다. 지금은 "분홍
빛 시린 발들이 머리 위에 환"한 봄이기 때문이다.

준엄한 단 한마디 그대로 멈춰라
초록빛 뚫린 질주를 단호하게 막아서는
신호등 빨간 눈의 위력 부릅뜬 일침이다

생각은 늘 얕아서 눈 저울로 가늠하다
잠시 쉬다 가라는 걸 걸렸다며 투덜댔지
파장 긴 핏빛의 사유 멈추니 들려온다

활자가 아니어도 경전이 된 신호등
하루에도 수백 번 멈춰보라 이른다
어느새 울림의 시간 뒤 쑥 내미는 초록 열쇠
  ─「빨간 신호등」 전문

오늘날은 자신이 계획하고 작도한 시간보다 사회조직의 구성원으로서 감당해야 할 시간이 훨씬 더 많다. 자신의 시간은 비교적 직선적이고 공격적이지만 사회적 시간은 대부분 곡선을 강요받거나 차단되기에 십상이다. 가장 대표적인 경우가 신호등일 것이다. 그 가운데서도 "빨간 신호등"은 정지 명령이다. 이용자들의 생각과 상반된 순간적 차단과 속박을 통해 공유와 소통의 수단으로 선택한 모범 답안이다. 말하자면 개인을 묶어서 사회를 풀어가는 해법이겠는데 누구도 거역할 수 없는 사람이 만든 이법이다.

첫 수에서는 "빨간 눈의 위력 부릅뜬 일침"으로 다가오는 "신호등"의 위용을 표현하고 있다. 그런데 이 공익적 제동 앞에 선 사람들은 대부분이 '왜 하필 여기서 걸리지?'라는 불편함과 직면하게 된다. 모두의 안전을 위하여 자신부터 양보해야 한다는 생각보다 공연한 아망에 휩싸이기 마련이다. "잠시 쉬다 가라는 걸 걸렸다며 투덜댔"던 기억이 계면쩍게 다가온다. 그것이 둘째 수에서 전하고자 하는 마음의 전개 양상이다. 조금 더 자신에서 우리로, 우리에서 모두의 구성체 속으로 들어가 굳이 "활자가 아니어도 경전이 된 신호등"을 느끼기까지 인위적 질서의 필연성에 동의한다. "하루에도 수백 번 멈춰보라 이"르는 내면의 소리에 "초록 열쇠"의 명징한 해법이 있음을 알게 된다. 이것이 전달하고자 하는 주된 메시지이다. 그러고 보면 '빨간 신호등'이라는 소재의 선택은 자연의 질서와 인위적 질서의 합일이라는 화자의 사유를 전달하기 위한 예시적 수단이다.

이번 시조집에는 이 밖에도 사회적 시간표에서 가져온 소재의 좋은 작품들이 여럿 보인다.

5

자신을 알고 자신이 처한 사회적 환경을 알게 되면 다음은 자연의 섭리에 충실한 초월의 시간이다. 사실 초월이라는 단어는 매우 추상적인 개념이어서 생활 일선에서는 적용이 불가한 단어이다. 다만 자신의 개별적 욕망에서 벗어난 대상에 대한 의미 부여라는 점에서의 차별화일 따름이다. 이때의 초월은 시공을 뛰어넘는 영적인 세계를 말함이 아니고 자신을 중심으로 한 아망이나 아집에서 벗어나고자 하는 자세를 이름이다.

노자老子가 남긴 『도덕경』에 "사람은 땅을 본받고, 땅은 하늘을 본받고, 하늘은 도를 본받고, 도는 스스로 그러함, 즉 자연을 본받는다人法地, 地法天, 天法道, 道法自然"는 내용이 나온다. 이 말은 '인간은 자연을 따를 수밖에 없다'는 의미이지만 인간이 억지로 만들어내는 순간도 자연의 섭리 때문에 본디의 모습으로 돌아간다는 결론에 불과하다. 2600년이 지난 지금 돌이켜 봐도 더욱 절실한 가치철학이다. 아무것도 하지 말자는 뜻이 아니라

순리를 거슬러 철리가 정해준 인간성 자체를 훼손하지 말자는 의미라 하겠다. 다만 이 같은 생각에 이르기까지에는 적잖은 시행착오의 시간이 필요하겠지만 자신의 정신을 건강하게 하고 치유하는 방편의 하나가 될 것이다.

매화는 벙글어서 새봄이라 말하고

봄비 내린 포슬한 땅 쏘옥 내민 여린 촉

알겠다 자연이 아름다운 건 말없이 말한다는 것

애당초 사는 세상 사람에게 말이 없다면

미소로 눈빛으로 꽃 같은 표정으로

좋겠다 저 거짓말 너덜경 듣지 않고 살겠네
　-「우수 무렵」전문

오늘날과 같이 흙을 밟지 못하고 시멘트 위를 걷고 카키색 페인트 벽 사이에서 대부분 시간을 보내는 사람들은 시계를 보지 않으면 계절이 바뀌는 줄도 모른 채 살아간다. 그런 일상에서 마치 자명종이 시간을 알려주듯 계절이 바뀌고 있음을 알려 주는 것이 꽃이요, 풀이요, 나무다.

이 작품의 화자도 "매화는 벙글어서 새봄이라 말하고/ 봄비 내린 포슬한 땅 쏘옥 내민 여린 촉"에서 만물이 약동하는 봄이 왔음을 느끼고 있다. 그런데 그의 종장에서는 그 자연의 '아름 다움'을 찬미하는 대신 예고를 하거나 야단스럽게 소리 내어 떠벌리지 않고 "말없이 말한다는 것"에 대한 외경감을 전하고 있다.

그리고 그 '말 없는 말'이 왜 아름다운가에 대한 의문을 둘째 수에서 풀어주고 있다. "저 거짓말 너덜경 듣지 않고 살겠"기 때문이다. 말로 의사를 주고받는 사람의 일상에서 말없이 "미 소로 눈빛으로 꽃 같은 표정으로" 의사를 주고받는다면 말이 주는 상처를 받지 않는 아름다운 세상이 아니었을까 하는 반성 의 성찰이다.

"우수 무렵" 매화꽃이 벙그는 모습을 보면서 자연의 모습과 인간의 모습을 대비시켜 반성과 성찰을 아우르면서 가진 깊은 사유의 시간이 잔잔한 여운으로 다가온다.

간밤에 고구마밭 산돼지 훑고 갈 때
울 엄마 뻔히 보고 얼마나 애태웠을까
무덤가 하얀 개망초 그 이야기 흐드러진다

109

한갓진 수탉의 울음 목을 빼는 한나절
적막이 달아나다 구름 한 채 넘는다
호미 끝 솔바람 소리 목을 감다 흩어지고

귀 대면 흙의 숨결 자분자분 들려도
짧은 해 금세 돌아 어둠살이 쫓기어
노오란 달맞이꽃대 또 하루를 펴고 있다
        ―「흙의 시간」 전문

　제목에서 말한 그대로 "흙의 시간"이다. 앞의 『도덕경』에서
말한 것처럼 흙은 지상의 모든 존재를 지탱하고 있는 근원이
다. 물을 가두어 풀을 자라게 하고 나무를 키워낸다. 모든 동물
을 살아가게 하고 아울러 사람들에게도 희로애락의 중심축이
되어준다. 생명 활동의 기본인 먹을거리를 제공해 주고 마침내
생명 자체를 거두어 품어준다.
　이 시조의 화자, 즉 김임순에게 '흙의 시간'은 사회생활이 시
작되기 이전의 어린 시절에서 비롯한다. 쌀이 귀하던 시절 유
일하게 겨울을 나게 해주던 고구마 재배는 목숨을 내맡기던 일
이다. 그런데 "산돼지 훑고" 지나갔으니 "울 엄마 뻔히 보고 얼
마나 애태웠을까" 하는 걱정이 왜 "무덤가 하얀 개망초" 앞에서

야 생각이 떠오를까. 자연에 가깝고 흙에 더욱더 가깝던 시절의 추억은 아무리 퍼내어도 줄어들지 않는다. "수탉의 울음"과 산 넘어가는 "구름 한 채"를 떠올려 보지만 결국 그 끝에는 흙과 어머니를 꽉 붙잡아 주었던 "호미"가 중심에 놓인다. 그렇게 "어둡사리 쫓기어" 집으로 돌아오는 길가엔 "노오란 달맞이꽃대 또 하루를 펴고 있"었으니 흙의 시간은 온통 어머니와의 시간이었다.

사람의 시간에는 아랑곳없이 무심히 꽃을 피우고 있는 "달맞이꽃대"를 역설적으로 포치함으로써 어머니와의 이야기도, 흙의 이야기도 마침내 초월이라는 희망 공간의 주인공이 된 것이다.

6

그 밖에도 김임순의 이번 시조집 『첼로를 품다』에는 「다리의 다리」 「자장매 보러 간다」 「찔레꽃」 「은행나무 아래 우체통」 「오월」 등 여러 작품이 주목되었으나 글의 전개상 살피지 못하였다.

김임순의 비교적 짧은 시작 기간이지만 시조의 정형성에 대한 이해가 정확하다. 그뿐만 아니라 중견의 시인들에게서나 봄 직한 사색과 사유로 접근하는 독자적 진단, 시대 미의식에 대한 탐구 또한 남다르다. 앞선 두 권의 시조집에서 다양한 관찰력과 사물의 정체성을 읽어내려는 집요한 의지와 열정을 보아온 터이기에 이번 시조집이 갖는 시사성은 앞으로의 전정에 상당한 영향을 미칠 수가 있다. 그런 관점을 헤아리기라도 하듯 시조의 내용적 구성 논리와 미적 질서의 탐구라는 측면에서 진전된 개안을 보여준 것이다.

김임순 시조의 미덕은 자아실현을 전제로 한 다양한 체험의 검증과 슬픔을 경계하는 정신의 건강성에 있다 할 것이다. 갖가지 소재의 물상과 사건들에서 극기의 방편을 찾으려 노력하였고 현재 상황에서 선택할 궁리의 시간을 가짐으로써 비교적 완미한 해법을 얻어내고 있다. 그것은 아무래도 오랜 교직 생활에서 형이상학적 가치 질서를 갈구해 온 자세와도 무관하지 않을 것이다.

무릇 모든 장르가 다 그렇겠지만 오늘날의 시조 또한 인쇄 매체를 통해서 발표되기 마련이다. 지은이 한 사람이 보자고 책을 만들지는 않는다. 마땅히 독자와의 교감이 전제된 채 발표라는 과정을 거친다. 그러기에 개인적인 아취를 넘어서는 독자들과의 공감대 확보는 필수적이다. 이번 시조집 발간을 계기로 체험을 보편화하고 시조의 정형성, 종장이 지닌 구성미 또한 득의를 이루리라 기대한다.